詩集
四季の輝き

鈴木 公

無明舎出版

詩集　四季の輝き◉目次

詩集　四季の輝き

はじめに

私のデビュー作「はぐれ雲」を出してから、十二年ほどとなりました。

「L字型の夢」「白馬」「悪魔に魂を売った男」「冬の木立」「春の苦み」「秋霜」……それぞれに思い入れがあります。

特に「はぐれ雲」の反響は大きく、「白馬」は小説に評価がありました。

「冬の木立」あたりから、自分の作品の成長があったように思います。

読み返してみると、ずいぶん感じが違ってきたと感慨深く思います。

ただ、詩、はぐれ雲の思いは変わらず、志はますます高まっているようにも思います。

これからどのような詩となるのか、自分自身どのような人生を歩むのか、怖れと期待が入り混じります。

今まで愛読されてきた方々、応援してくださった方々に深く感謝をし、またその方々のためにも、自分に真摯に向き合い、創作を続けていきたいと思います。

鈴木 公

詩

ありさん

ありさん
ありさん
どこ行くの
ちょっと向かいの
畑までお食事探して一回り
ありさんはいいなあ
今日も一日
ひなたぼこ
そしてせっせせっせと働くよ
ありさんは
人間よりも

かしこいかもね
ありさんがいないと
野原はゴミだらけ
ありさん
毎日ありがとさん

L字型のがらくた

さあ　夢をみるのは終わりさ
現実に戻ろう
L字型のがらくたを作ろう　作ろう　作ろう　作ろう
夢を見るのは終わりさ
仕事にかかろう
L字型のがらくたを作ろう　作ろう　作ろう　作ろう
効率のいい仕事なんて
誰かが考えてくれるさ
仕事に戻ろう
L字型のがらくたを作ろう　作ろう　作ろう　作ろう
熱い鉄をプレスに　流し込んで押して　押して

L字型のがらくたを作ろう　作ろう　作ろう
理想なんか　くそくらえ
つまらないこの仕事こそが
僕らを救ってくれるよ現実に戻ろう
L字型のがらくたを作ろう　作ろう　作ろう　作ろう
ラララ　ラララ　ラララ　ラララララ
ラララ　ラララ　ラララ　ラララララ

はぐれ雲

自由気ままに
空を飛んでゆく
はぐれ雲
いつ、どこで生まれ
どこへたどり着くのか
何故、仲間たちと別れ
一人行くのか
どんな景色に出会い
何を想うのか
何を目指すわけでもない
ただ風に流されるだけ

いずれ消えゆく定め
遠い地平線を見つめて
今日もさすらう

宇宙の片隅で

地球の重力を受けて
月が猛スピードで回る
月は真っすぐに
地球を見ているから
いつも同じ顔を見せている
地球を照らしながら
回っていることを月は知らない
地球の輝きにあこがれて
とらわれたように
地球から離れない
遠くの星々などは
全く眼中にないのだろうか

遠い日のリフレイン

病院からの帰り道
思ったほど
いいことはなかった
今日は金曜日
踏み切りに近づいたとき
カンコンと鳴る
警告音とともに
遮断機が下りる
もうすぐ日暮れ時
何十年も前の
豆腐屋のラッパの音を

思い出す
夕焼けに向かって
自転車をこいだあの日も
遠い昔
僕はどこへ向かって走り出すのだろう
どこへ行っても
いつものリフレイン
いつまでも
はるかな太陽を
追いかけるのだろう

月夜

桜散り　今日は満月　月見かな　音が響くは　夜汽車かな
今宵は　静かな　朧月　酔いがさめても　夜は明けぬ
一人　詩興か　春の夜は
野に一面の花々も　空に　浮かぶは　赤い月
明日を　占う　月の夜に　幸せ願い　春の歌
徒然なるも　世の定め　独りさすらい　たどり着く
幾千万も　めぐり来て　きょう　一遇の夜に遭う
億千年の　昔から　慕いし　君と　語らうも
今日は　うららか　春の夢
明日は　不実の　身となるも　今宵の　憂い　省みず
月は　静かに　傾いて　浮世の　流れを　映し出す

明日は　欠けだす　十五夜も
日ごと　めぐりて　春の月
今　一生を　燃やしても　今宵の月にも　勝てはせぬ
いつかは　眠る　春の宵　共に　静かに　見届けよ
今は　人生半ばにて　いまわの際の　月夜をば
夢見て　ひとまず　暮らさなん
春　一生の　この月を
春　一生の　この月を

砂の嵐

西風が砂塵を
舞い上げる
かすむ海原に
漁船が浮かぶ
果てしなく続くような砂丘に
消されてゆく足あとをつけてゆく
もう何キロ歩いたろう
ときおり強い風に
吹き飛ばされそうになる
こらえろ　こらえろ
この軌跡こそが
未来への希望だ

統合失調症

統合失調症って何
昔は精神分裂病って言ってた精神が分裂するってどういうこと
統合失調って
まとまらないってことだよね
どっちも同じような意味？
病気の症状は
強迫観念や被害妄想
どうにも説明がつかないような
苦しい気持ち
時には幻聴や幻覚
でもまぼろしは

催眠術でよく出てくるよ
昔テレビでやってたた
するとこの病気は
悪魔が催眠術をかけてるってわけ？
悪魔ってどこにいるんだい
それは苦しめられた自分が
逃げ出したくて
悪魔になっちゃったって事
悪魔は神様にはなれないの？
でも人間だから
悪魔に勝てるんじゃないの
悪魔に勝とうよ
悪魔は正義に弱いって聞くよ
僕の中の正義の味方よ
でてこーい

旅する人

大地に根を張り人々は黙々と生きる
時には春の日差しのように快活に
時には錦秋の輝きを放ち

旅人が賑やかな風を運び込んだ
家々は夜通しで舞い踊り
虫の音は旅人を歓迎した

まもなく嵐のような出来事が舞い降りた
人々は安穏を祈り
人々は災厄と戦った

大空はちっぽけな空間を笑い
草花は、はかなく流された

季節は移り
何事も無かったかのように
朝日は微笑んだ
旅人はいつの間にか去っていった

新たな旅人が小道を歩いたとき
東方の小さな樹木に出会った
そこには旅人が置いていった
リスが果実をほおばっていた

日曜日のだんらん

川沿いの道を
友人の家を目指して歩く
流れに映るあしの群生
水鳥たちはすずやかに
たたずんでいる
赤いポストを見て
思い出したように
駈け出してみる
そうか、人生も同じことかもしれない
ゆるやかな坂が
語りかけてくる

あたたかな風が
ささやいている
友人は楽しみに
待っていてくれるだろうか

海

遠い夏の日
絵に描いたような
海辺の風景が心に浮かぶ
波は静かで吹く風が心地よい
麦わら帽の少女が
スカートをおさえながら
海鳥を見つめている
あの汽船のように
外国へも旅したい
時は止まり
時は流れる
いつの日にかあの海岸で
幸せに暮らしたい

死にたい

「死にたい」と言ってみろ
少しは気が楽になるから
僕はいつもつぶやく
「あー死にたい」
でも心の中では
いつも叫んでいる
「必ず生きる」
「生き延びる」
長く生きてやる
強く生きてやる
しんどく生きてやる

しぶとく生きてやる
死にたいと言わなくなった時
きっと死んでるさ

豆電球

深夜の寝室で
女性ポップシンガーの歌を聴きながら
じっと小さな豆電球を見つめている
今夜は眠れそうにない
明日は明日の予定があるから
早く眠らなければ
思うほどに眼は冴え
豆電球を見つめる瞳が光る
幾度、眠れない夜を過ごしただろう
数えるのも嫌な位
そのたびに自分を応援してくれたのは
この小さな灯り

白色蛍光灯では眩しすぎて
何かせずにはいられない
長い夜を静かにしているには
豆電球が一番の味方だ
生活という強敵を相手に
戦ってくれる味方はたくさんいる
太陽は大将軍には違いない
バイクやテレビ、ラジオ、電気、ガス、水道
どれも強力な味方だ
並みいる敵の中でも手強いのは
眠れない夜の真っ暗な闇
そんな中での切り込み隊長は
この小さな頼りなげな豆電球
時にはこの灯りが
無限の希望を与えてくれる

オレンジ色の光が
安心しろとばかりに守ってくれる
夜の闇にまぎれて
襲ってくる化け物や怪物たち
僕は豆電球を片手に
それらの妖怪をやっつける
そして正気を取り戻した僕は
暖かさに包まれながら朝日を待つ
不安と恐怖に打ち勝った後
この正義の味方は役割を終える
次の戦いのために休息した
ありがとう
僕とともに戦ってくれた味方たちよ
そんなことを想いながら
今日もまた眠れない夜を過ごしている

万秋（朱音の替え歌）

秋風吹いて　雲は流れる
旅人行き過ぎて　遠くを想う
街はざわめき　色づいてゆく
靴を投げ出したら　明日へ跳べる
時は神様からの　贈り物だね
未来から過去にまで　行き来は自由さ
幾度も秋がめぐり来ようとも
カエデのアカネは今散る

誰も知らない　二人の秘密
願いはときめいて　世界を飾る

遥か紅葉　返りくる時
指を結び合って　想いをとげる
虹に羽ばたいてゆく　二人の心
何光年先まで　届けよこの愛
見えない壁が　引き裂くとしても
ふたたび輝く太陽

L字型のハート

僕は　L字型の心臓を持つ　サイボーグ
LOVE……地球上の全ての　愛が　私のエネルギー
LIVE……永遠の　生命を持つ
LIVERTY……人々の　自由を勝ち取る
LEAF……葉っぱのように　軽い行動力
LAKE……広い　湖に住み
LANGAGE……億の　言葉を持つ
LEAD……全てのものを　統率する使命
LEGEND……その姿は　伝説となり
LIGHT……光り輝く　世界を創り出す
LIE……しかし　悪意の嘘は　絶対に許さない　正義の心
LEAGUE……神々との　同盟を結んだのだ

カーテン

カーテンを開けると
朝日が差し込む
小鳥がさえずり
新聞配達のバイクが行き過ぎる
重かったカーテンは
今日の扉
何もない闇から
全てのものを開放する
私も心のカーテンを開けて
人々の声に耳を傾けよう
そこには幾多の光が

輝いているだろう
重かった心の空気が
窓から解き放たれる
朝の光は
暗い心を
あたたかく氷解する

ポケラ

ポケラ　ポケラと
ひとり言
ポケラ　ポケラと
世迷言
何を言っても
愚痴になる
何を言っても
弱音だよ
そんな時には
ポケラ　ポケラ
あほうになればいいんだよ

苦

人にはさまざまな苦しみがある
しかし何のための苦か？
それは喜びのための苦しみだ
偉大な苦しみは
後に大きな成果となって現れる
成長のための苦しみ
発見のための苦しみ
理解のための苦しみ
まさに産みの苦しみとはこのことだ
苦しみのための苦しみではない
その苦痛を通してしか

得られぬものが
そこにはあるのだ
大いに苦しむがよい
正しい道を歩いているならば
苦しみは大きな光となって
我が身を包むであろう

成功

人間に成れた
人間に成れた
僕は試練があったからこそ
人間に成れた
世の中には
人間のふりをした
ケモノがたくさんいる
僕はそうならなくて本当によかった
不幸があるから
幸せの意味が分かる
つらいことが有るから

頑張ろうと思う
僕は、人生の何たるかを
知ったような気がする
僕は負けない
一生負けない
僕は誰よりも幸福になるんだ

貧乏人と病人

すべての金持ちとは言わないが
金持ちは金を浪費する
すべての健康な人とは言わないが
健康な人は健康を浪費する
愚かな人は金を失い、健康を失い
貧乏人と病人になる
貧乏と病という宿命を背負った人は
過去世の悪業によると
仏教では説く
しかし、貧乏や病にならないと
わからないこともある

貧乏の苦労と、病の苦労に
打ち勝った人は
この世で何も困らない
しあわせな境涯になる
愚かな人は
貧乏が貧乏のままであり
病が病のままである
結局、賢くならなければ
幸福は勝ち取れないし
不幸を呼ぶことになると思う

心に太陽を

明るくいこう
明るくいこう
暗い気持じゃ
いいことなんてないよ
たとえどしゃ降りでも
心に太陽を持てばいい
ぐちの人の心はいつも暗い
心が環境を変える
尊い教えだ
どんなに恵まれた環境でも
心が暗ければ幸せじゃない

辛くてしょうがない
でも心に太陽を
明るく行けば
いつか太陽は輝く
道端の花も
にっこりとほほ笑んでくれるだろう

願い

朝、一杯のコーヒーから一日が始まる
今日は何をしよう
買い物、ゲーム、散歩
出来れば本も読みたい
何気ない日常だけど
かけがえのない一日
毎日立ち止まっては思案する
ああ情熱が欲しい
願っていれば手に入るだろうか
手に入るその日まで
また今日も一歩、歩を進めよう

葛藤

昂揚の時は過ぎ
静寂があたりを包む
嵐の時は過ぎ
平穏に包まれる
幾多の感情と
幾多の賛否が
我を襲う
眠れない夜も
充足感に満ちる
孤独の中にも
言い知れぬ達成感

これでよいのかという
戸惑いと
これでいいのだという
確信
誰にもわからない
自分にしか分からない
しかしまた、今日という一日
詳細は言えないが
分かって欲しいという
わがまま
それでも地球は回り
希望の太陽は
明日という夜明けを告げる

橋

向こう岸とこちらの岸を渡す橋
何人もの人が往来する
橋は人々の生活を便利にする
長い橋、短い橋、跨線橋
橋は隣町と隣町を渡す
物語はたいてい橋から始まる

空

いつも見上げる空には
太陽が
月が、そして星が
分厚い雲に覆われる時もあれば
一片の雲もない
透きとおる青空もある
悠々と飛ぶトンビ
秋にはトンボが舞う
うろこ雲が広がる空は
僕の好きな風景だ
青空は僕の希望であり
心を正常にしてくれる薬のようだ

生きるとは

人は何を想い生きるのか
時には絶望し
時には生の歓喜に震えて
人は目標を失った時
希望を失った時死ぬ
肉体は生きているかもしれないが
精神的には死んでいる
明日やることがある
それだけで人は生きていける
明日への希望が無くなれば
その時その人は死ぬ

南アフリカのマンデラ大統領は
長い獄中生活で何を思っただろう
僕ならばもう生きる希望を失って
自殺したかもしれない
このままでは死ねない
何も残さずこのまま死ぬのは厭だ
マンデラ大統領をあきらめさせなかったのは
そんな一念かもしれない
人は夢や希望を失った時
老いると誰かが言った
僕はそれが精神の抹殺だと思う
人には誰でも明日がある
とするならば明日の目標を
今日決めればいいではないか
目標を立てられないのは臆病だからだ

勇気をもって一日一日を生きよう
十代には十代の、二十代には二十代の
夢と希望と目標があるだろう
そうであるならば七十、八十
いや死ぬまで夢と希望と目標が
なくちゃいけない
僕は弱気になるとすぐ死にたいと思った
でもそれはやるべき目標を見失いかけた時だ
五十を過ぎて僕は思う
これからは死にたいと思う暇がないほど
自分の目標をたくさん作ろう
人生強気で行け
若い頃教わったじゃないか
そうだ強気で生き抜こう
そしてこんな自分でも

人を励ますことはできる
僕は僕と周りの人と一緒に
幸せになってやろうと思うんだ

石

もう二十年も前から
我が家には庭がある
父が造ったものだ
その中でじっとたたずむ石の数々
石は何を感じ想うのだろう
奥深い山から切り出され
我が家の庭石となった
風雨にさらされ
いつまでこの姿を保っていられるだろう
自然界の岩や石も
その寿命はいくらくらいだろう

何かの衝撃により割れ、細かくなり
小石や砂となる
海でそれらが蓄積され
また固い岩盤になる
地殻変動により陸に上がった海底は
山となりまた岩は細かくなる
この地球が惑星である内はまだいいが
太陽の爆発により地球の寿命が終われば
これらの石は宇宙のちりとなって
さまようことだろう
石には感情も感慨もないのかもしれない
しかし、この石は悠久の時代の流れの中で
ある時は叫び
またある時は涙を流すだろう
ここの庭石になった二十数年などは

石にとって一瞬のまた一瞬だろう
でも僕は幼い頃から石にあこがれ
また魅力に取りつかれてやまない
石は単なる石に過ぎない
しかし僕の心の中で鏡となって
世の中を映し出すようだ

鉄塔

その巨大な姿は怪獣に似る
吹きすさぶ風にも
ビュウビュウと吠えている
どんな嵐にも立ち向かうその姿に
僕は励まされる
強固な鋼の手足を持ち
敵に襲いかかろうとする
まるで特撮ヒーローのようだ
幼いころから励ましてくれた鉄塔
今度は僕がみんなを励ます番だ

冬の木立

雪舞う対岸に十数本の木立が
肩を寄せ合って生きている
何のためにこの世に生を受け
生きるのか
冬の木立は教えてくれている気がする
ただ他のために
利他の精神こそわが使命である
冬は長く寒くそして厳しい
しかしこの冬を耐え抜いたものだけが
春の喜びを享受できる
皆に希望を、皆に勇気を
冬の木立は教えてくれている気がする

独り言

明け方一人机に向かい
一片の詩を書く
聞いてくれる相手もいない
同感してくれる人もいない
ただ自分の思いを書き連ねる
不満も愚痴も素敵な魔法で
一つの詩となる
ああ　こんな僕でも
生きているんだなあ

とじぇねぇ

とじぇねぇ　とじぇねぇ
冬の曇り空はさみしねぇな
独り　ストーブさ　あだっても
とじぇねぇな
誰が来てければえのになぁ
とじぇねぇ　とじぇねぇ
冬の曇り空はさみしねぇな

音楽

うれしい時　悲しい時
そばにはいつも音楽があった
ユーミン、サザン、ドリカム
ポリス、デュランデュラン、ホイットニーヒューストン
聴けばいつでも
青春がよみがえる
歌はいつも僕を
励まし、慰め、勇気づけてくれる
眠れぬ夜も
音楽でどれほど救われたことか
これからも僕は音楽と共に
人生の旅に出る

詩

詩とは僕にとって生き方だと思う
一日一日が「生活」という詩なのだ
ある意味生きている人は
その人そのものの一瞬一瞬が詩だと思う
自分にとって詩即生活、生活即詩である
良い生き方は良い詩となり
不出来な生き方は不出来な詩となる
だから僕は厳しく生活を見つめ
一つ一つ詩にしていこうと思う

森

若木は伸びる
真っ直ぐ天に向かって
樹木は他の者を拒まない
野鳥やリス、様々な生き物を受け入れる
木陰は誰にも優しい
木々を通り抜ける風は
適度な湿度で
居る者に快適さを与える
そこにあるだけでホッとする
僕は街を
そんな森のような場所にしたい

川

流れるように生きていきたい
どんな岩にぶつかっても
平然と受け流し
せき止められても、あふれるように
どんなまがりくねりも
さも当然であるかのように
落とされようと　止められようと
自然に、自然に
ただ流れるように、生きていきたい

明日

ダメな時は
ダメだとあきらめることも肝心だ
ダメなことにいつまでも
こだわっていても仕方がない
他のことに目を向けて
他のことで取り返そう
理想の結婚も夢の就職も
僕はあきらめた
でも僕には文芸がある
一剣を磨く
これにかけよう
そして全てを取り戻そう
かけがえのない明日のために

遥かなる呼び声

声よ　声よ
我を呼ぶ声よ
うっそうとした森を抜け
暗き　狭き　深海を通り
石柱並ぶ闇の洞窟から
果ては遠き宇宙の彼方の恒星から
足元の圧し潰された地の底から
押し寄せる声よ　声よ　声よ
我を素通りし　誰に訴えかける
声は激しく回転する凶暴なドリルとなって
我の堅固な心臓を突き破り

声は明晰なレーダーを持つ潜水艦となって
我の迷宮の中央の脳髄に到着する
荒れ狂う言葉の嵐よ
貫く慟哭の稲妻よ
私もそれに同意しよう
私もそれに応えよう
いつかこの地球が太陽よりも
大きな輝きに包まれるまで
我らの声が宇宙の隅々の
小さいアリにも充満しつくすまで

たとえ今日死ぬるとも

たとえ今日死ぬるとも
今日一日を精一杯生きよう
今日一日が
あたかも百年に勝るような
価値ある日にしたい
ただ寝ている時もあろう
テレビを見て
無為に過ごすこともあるだろう
しかし今日一日は
かけがえのない一日
今日一日を精一杯生きよう

君をか何を思わん

君は何を目指すのか
希望をもって何を得ようというのか
幸福か、満足か、栄光か、勝利か
今まではそれらを得てきた
しかし問題はこれからなのだ
いよいよ真価が試される
いよいよ力が発揮される
そんな時に逡巡はいけない
熟慮は必要だがためらってはいけない
今までやってきたことを無駄にせず
完成へとまた一歩進むのだ

今日

無意味な行動をするよりは
無意味な一日であっていい
無意味な日々を送っていると思える時でも
一年を振り返れば何らかの進歩はある
「日々月々につよりたまえ」とはいう
しかし、昨日までの業績を
無にすることはしたくない
過去には戻りたくない
自分の財産も
そのままでは減っていくかもしれない
しかし希望だけは積み重ねよう
過去の仕事の報酬はもう使ってしまった

新しい仕事をしよう
新しい報酬を得よう
人は怠惰だと責めるかもしれない
けれども自分ほど頑張っている人はいない
過去も現在も自分ほど
課題に向き合い努力している人はいない
人間は相対的だから
他人と比べることもある
自分より明らかに上の人もいる
でも自分は目標に向かって努力している
今日もあすなろの歌をうたうだろう
一日、一センチ一ミリの成長が
十年後は見上げるほどのものになっているだろう
そして僕は偉大なる凡人として
一生を終えるのだ

思索と行動

川でたたずむ白鳥は眠っている時でさえ
川の流れに流されまいと足をかいているのだという
水に住む魚は流れの中で泳ぐことをやめない
流れの緩い水の中では守ってくれるものがなければ
敵に襲われるからだ
私は闇を恐れて行動するのではない
光を求めるがゆえに行動するのだ
安穏とは何もないことを言うのではない
どんなことが起ころうとも
打ち勝つだけの強さを持っていることだ
戦いをやめれば人生は真実を失い

輪郭はぼやけ
正義は闇の中になってしまうだろう
休息は必要だが
休息は戦いの準備ともいえよう
常に思索し、常に行動する
それが僕にとって生きるということなのだろう
常に生き生きと活動する
それが生活の中で
闇に埋もれない生き方だ
悪を憎み、善を欲するということは
自分が正常であるということの証なのだ

春の予感

僕には青春がない
夏のような青春がない
秋の憂鬱と
冬の苦難ばかりであった
そして今春の兆しが
訪れたのであろうか
秋へ逆戻りしたくない
けれども苦難は
覚悟の上である
むしろ苦難を喜びとする
大聖に学びたい

人生を悠々と謳歌できるだけ
僕は楽観者ではない
自分の成果はまだ出ていない
けれども春の予兆が
僕を明るくさせてくれている

心の色

山には緑があるように
海には魚があふれるように
僕の心象風景は
何かで満たされなければならない
争いや対立の色ではなく
問いかけと共感の風に包まれたい
自由と雄々しさの
広々とした心に
無数の宝石がちりばめられるように
悪はどんなに虚勢を張ろうと
最後ははかなく滅び去る

善はどんなに迫害されようと
いつしか大きく広がり
栄えの道を行く
大河の中の一滴として
悠々と大海の色に
染まってゆきたい

夜汽車

長いレールの上を
汽車が走る
昔、夜行列車に乗った
まだ、電車も揺れがある時代で
レールの上をガタゴトと
進んでいった
夜明けに着いた東京は
何かすすけた街だった
長い夜、なかなか寝付けず
何度も外を見ては
物思いにふけった

あんな旅をすることは
もうないかもしれない
暗い青春時代は
夜汽車に揺られるように
果てしない旅だった

エッセイ

年末の過ごし方

早いもので今年も終わりに近づこうとしている。年末は忙しいというが、私にとってはそう忙しいという感じはない。三月の年度末、四月の始まりのほうが現実として忙しい。世の中では、クリスマスセール、年末バーゲン、年末ジャンボ宝くじと言葉では景気がいいが、冷静に見れば今年もあっという間だったなあという感慨しか残らない。

とはいえ、年賀状を書き、冬至になればカボチャを馳走になり、クリスマスではケーキで祝い、餅つきで餅を食べ、大晦日には紅白歌合戦と何かと行事は多い。

しかし、この時期ゆっくりと今年を振り返ってみるのもいいことだと思う。テレビでは、流行語大賞などが目を引くが、個人的にこの一年自分としてどう過ごしたかを反省するのもいいことだろう。そして来たるべき来年はどういう年にすればいいか展望してみることも必要と思う。

私的には、二月に詩集を自費出版し、春は無難にすごし、夏は釣りに明け暮れ、秋にまた自費出版の準備をしている。仕事のことはともあれ、無難というか、消極的な一年だったと言えるかも知れない。収穫が無かったわけではないが、来年はもっと充実した年にしたいものだ。

また個人的なことだが来年は四十代最後の年となる。一般的に言ってもいい大人である。来し方を振り返ると様々なことがあった。それに見合うだけの人間に成っているか、反省もしてみたい。ともかく常識的な大人として、いい一年を過ごせればと思っている。

缶コーヒー

缶コーヒーが世に出回ったのはいつごろからだろうか。僕が小学生の頃からだろうか。だとすれば、四十年くらい前である。当時の缶コーヒーは味が薄くて甘いものばかりだった気がする。

僕が大学生になる前までは、喫茶店が全盛期だった。コーヒーと言えば喫茶店のコーヒーのことで、インスタントコーヒーや、缶コーヒーなどは主流ではなかった。今では隔世の感があるが、自動車などもまだ高級品で庶民の足はもっぱらバスだった。繁華街と言えば、駅前であり、いろんなスタイルの喫茶店があった。ジャズ喫茶やレストランのような喫茶店、こぢんまりとして個性のあった喫茶店など、今ではすっかり姿を消してしまった。

時代の流れと言えばそれまでだが、その間、缶コーヒーの地道な努力があったと思う。缶コーヒーの味は四十年ほどで格段に変わってしまった。缶コーヒーのおかげで、便利にもなったが喫茶店の風情や味わいは無くなってしまった。しかし、缶コーヒーを持っていれば、そこはどこでも喫茶店と言えなくもない。

いいのか、わるいのか分からないけれどもお気に入りの風景を前にして、マイカーで飲む缶コーヒーの味は格別である。

また、家のリビングで飲むのはとても味わい深い。お気に入りの音楽やＤＶＤをかけながらの一杯は、まさに至福の時である。本当に世の中は便利になったものだ。年寄みたいな言い方だけれども、世の中の人々に感謝しながら、また一本と行こう。

（平成二十五年七月二十五日秋田魁新報えんぴつ四季掲載）作者の意向により原文のままのせています）

ラジオ

ラジオは、中学生の頃からの友人である。オールナイトニッポンやセイヤングなどの深夜番組で育った。

普段聞くのは、カーラジオだが、僕は比較的ラジオに親しんでいるほうではないかと思っている。

僕はテレビが苦手だ。やかましい音と映像は、生命力がないと耐えられない。その点、ラジオは刺激が少ない。やさしい音楽を僕に届けてくれる。

眠れないときや、暇を持て余してる時などラジオは僕の絶対的な味方である。

ラジオは時に、昔を思い出させてくれるタイムマシンでもある。


六十年、七十年、八十年代の音楽は僕をとても勇気づけてくれるし、なによりノリがいい。CDで持ってない曲も流れてくれるところも有難い。

また、ラジオで早朝など時事解説などもあり、テレビや新聞とまた違って、聞きやすいし、わかりやすい。ときには活躍している有名人の講演などもあるから有難い。なにより、ラジオは無料である。もう一つ二つ身近な放送局があれば申し分ない。

中学生の時は世界中の電波をとらえられる、短波ラジオを買って毎日聞いていた。子供ながらに電波の不思議さとラジオの便利さを、好奇心と共に想っていた。

少年の頃のときめきはもう無いけれども、これからもラジオとの友好的な関係を保っていきたい。

統合失調症

ぼくが統合失調症であると医師に告げられたのは、二十六歳の時である。幻聴が聞こえていた急性期は、二十四歳の頃ではなかったかと記憶している。

統合失調症の性格として物事に夢中になりすぎる、ということがあると思う。僕の場合は先々のことを考えすぎるということである。

あまりに先を読みすぎて疲れてしまい、眠れないということが度々あった。

自分の性格上、考えることは、得意だし、好きである。しかし、度を越してしまって生活に支障をきたしてしまうのである。

統合失調症になって、医者もなく治療も受けられなかったら、それは悲劇であるが、僕の場合、幸いにして、良き主治医に恵まれ病気も良い経過をたどったと思う。

だから、病気になったことはけがの功名ではないかと思うことがままある。

それは、病気にならなかったら、人としての苦労も知らず、傲慢になっていたのではないかと思うことだ。

病気のおかげで僕は人並みに苦労した。これが僕の人生にいい影響を与えていると思っている。

統合失調症という病気のおかげで、僕は、普通の人と同じ仕事は出来ない。

しかし、才能がないとできないという文芸という仕事が僕にはある。病気になったことは人生においてマイナスであるが、それをプラスに変えるべく文芸という仕事が僕のライフワークとしてあるのだと思う。

（平成二十五年九月十二日）

台所仕事

週に二度ヘルパーさんに来てもらっている。

家事がなかなか一人ではできないので、掃除と食事作りをしてもらっている。

中でも食事作りは協力して一緒にやっている。料理は中学生の頃からやっているから、得意なほうだと思っている。昔はやきそば、カレーなど、自炊していたこともあって一通り作れた。最近自分で食事を作るのは、数年前、解離性大動脈りゅうという病気になって、栄養管理をしたほうがいいだろうということからだ。

片付けは苦手だが、僕の作る料理はおいしいと家族には評判がいい。中でもにくじゃがなど煮物料理は得意である。

自分で作ると、栄養の面ではバッチリである。味も自己満足かもしれないが、一番おいしいので外食もあまりしなくなった。

難点とすればマンネリになって、献立がいつも同じになってしまうということだ。

いつもスーパーに行って同じものばかり買ってしまうので自分でも苦笑してしまう。

しかし、自分で作って自分で食べるということは経済的だし、栄養管理も自分でできる。

家事もいかに大変かということが分かれば、主婦の大変さも同感できる。

大げさに言えば、人生修行であるし、食べることは生活のもとである。食事作りを通じて、人生の深さを感じているところである。

（平成二十六年一月四日）

資産

親のスネをかじると人は言う。しかし、親父のスネはけた外れに太かった。いまだに、冷凍保存したスネを僕はかじっている。しかし、親が死ぬとスネとは言わず遺産と言うらしい。

幸か不幸か僕はお金に困ったことがない。豪遊したことは無いが、暮らしていくのに困らない資産がある。ということは親父の代から鈴木家は資産家になったのだ。

小さい頃はしつけに厳しくてマンガやレコードはそれほど買えなかった。でも姉たちは僕のほうがいろいろ沢山親から買ってもらったと言っていた。そんな僕でも若い頃は、お金に飢えていた。ややもすると、犯罪に手を染めかねないくらいの勢いだった。

昔のことはさておき、お金はいくらあっても困らないとは言うが、迷いの原因にはなる。今年から早くも郵便局の年金がいくらか入るし、おそらく僕はお金で困るようなことは一生無いだろう。

でも、世の中の全てのことがお金で解決するわけではない。大抵のことはお金で置き換えられるけど、それでみな満足ということではない。それにお金は使ってしまえばもう二度と戻ることは無い。お金というものは考えれば考えるほど不思議なものだ。お金がないために、あるいは有り余るために起こる事件は数限りない。

僕は不動産の商売を続ける限り資産は減らず、お金に困らず生きていける計算だ。自慢しているわけじゃないし、自分の力で稼げているわけじゃないから、満足しているわけでもない。貯金もある程度できるけど、お金があっても、それを使う目的がない。これだけお金、お金と書くとむなしい気持ちも出てくる。

やっぱ、世の中、金じゃないんだよなぁ。

秋田の言葉

近頃、「あんべぇいいな」という言葉をよく目にする。しかし、秋田の人は元々「あんべぇいいな」とは言わない。「あんべわりぃ（悪い）」とは言うが、「あんべいい」とは言わない。では、具合がいいことをどう言うのか。それは、「やんべだ（いいあんばいだ）」という。

北国では、言葉は短く、ぶっきらぼうで、丁寧ではないけれども、逆に言葉を長くして、気を使うことを嫌う。「どさ」、「ゆさ」はその典型だ。「どこへ行きますか」「お風呂に参ります」そんな長ったらしい言葉ではなく、短い言葉で通じるし、短い言葉だからこそ親近感がわく。また、そのものズバリを言うので、言い訳がましくない。

「あんべいい」を気に入って使っている人もいるだろうけれども、私は違和感がある。秋田の人間なら「やんべだ」と言えと言いたくなる。また、「あんべわりぃ」と言えと言いたくなる。

そんな身近な秋田弁も今はあまり聞かない。テレビの影響もあるだろうし、ある程度言葉が長くないと、逆に不親切と受け取られることがあるだろう。

最近、秋田はどこへ行っても、田舎らしさがない。都会のように人はいないけれども、昔の田舎らしいのどかさがない。今では、みんながみんな車だし、どこでもコンビニがある。

世の中の世知辛さが秋田の田舎まで蔓延しているようだ。子供のころ、母の実家、湯沢に行った時のような感覚を感じられなくなったのは、現代のせわしなさと共に、自分が年を取りすぎたせいかもしれない。秋田の方言があまり聞かれなくなったのも、秋田が田舎らしさを失った一つの要因かもしれない。

ひきこもりについて

現在、ひきこもりは社会の問題になっているが、引きこもりは病気か否かということが取りざたされている。

健全で自立した生活が送れなければ大人とは言えず障害を抱えていると見たほうが良いのではないだろうか。

統合失調症は重い障がいである。しかし、病気と付き合いながら、生活保護などの支援を受け、立派に社会の一員として自立した生活を送っている人も大勢いる。私も統合失調症である。

引きこもりの人と精神障がい者は共通の課題を抱えていると思う。それは50・80問題である。親が80代で子が50代になり両者とも共倒れになってしまうのでは、という心配である。

その解決のためにもまず親が市や医療機関などに相談すべきではなかろうか。もちろん当事者である子の状態が良くならなければ解決しない問題ではあるが、まず親が第三者に入ってもらい解決に向けて一歩を踏み出したほうが良いと思う。

そして、子は親と仲良くすることを心掛けなければならない。私の尊敬するある人の言葉に「親をも愛せない者が多いのにどうして他人を愛せようか」とある。

この言葉によって私は親とうまくゆくよう努力した。

ともあれ、課題を解決し、幸福な家庭が増えてくれればという願いである。

コロナウィルスの影響でますます引きこもりは増えるかもしれない。そんな中もっと良い社会になるために、我々も努力しよう。

（秋田魁新報　令和二年十二月二日掲載
本人の意向により原文を載せています）

米を炊く

最近、炊飯ジャーの調子が悪くて少人数用の土鍋でご飯を炊いている。一合しか炊かないのだが、結構美味しいのに驚いている。

土鍋で、しかもガスの火で米を炊くのは、結構な手間である。火加減もうまく調節しなければならないし、ほとんど付きっ切りで、ご飯の出来具合を見なければならない。

昔は「これがあたりまえだったんだなぁ」「いや、薪や炭だからもっと大変だったに違いない」と思いながら炊飯ジャーの買い替えも考えている。

思えば世の中は随分便利に快適になったものだなぁと思う。しかし、便利さの陰で、何か余裕もなくなってしまったんではないかとも思う。

炊飯ジャーが悪くならなければ、この美味しさは分からなかったわけだし、米を炊く楽しさも味わえなかった。学校などの教育の一環で行われているだろうけれども、米を火で炊くというのも、ぜひ体験してほしいと思う。ご飯を炊くというのは、日本人のDNAを呼び覚ますような気がする。お米を食べられることに深い感謝の気持ちも出てくる。

この様な楽しみがあるから、ソロキャンプなども流行しているのだろう。

僕も流行りに乗ってキャンプ用品を揃えて、庭で予行練習でもしようか考えている。

（秋田魁新報　令和三年六月二十九日掲載
本人の意向により原文を載せています）

雪の日に思う

今年は大雪だが、私の幼い日は、こんな雪の日は当たり前だったような気がする。

来る日も来る日も雪が降り続き、二月はにひどかった。

それでも、有り余る雪の前に、雪だるまや、かまくらを作って遊んだのはよき思い出である。今の小中学生は通学が大変だろうけれども、後になってみればよき思い出に変わることだろう。

雪は春になれば消えるといっても、冬の間は、厄介な問題である。有り余る雪は、夏の冷房などに使えないだろうか。

雪の活用方法をもっと話し合ってもよいのではないだろうか。

ともあれ、北国にとって雪とはよく付き合っていかなければならない。豪雪地帯では、白い悪魔とも称されるものだが、良くも悪くも身近なものである。

この上なく美しいと思う人もいれば、もううんざりと思う人もいるだろう。

しかし、雪国以外ではこの体験はできないのである。かまくらなどを見て、雪国ではない人が、あこがれるのは至極当然と思われるのである。

厳しいこともあるけれども、この雪を、秋田県民は、誇りに思おうではないか。

毎日の雪かきも大変といえば大変である。しかし、大変な毎日が、温暖な国ではそうそう味わえない貴重な体験だと思うのである。

北国で元気に生きている気概を周りに示そうではないか。

（秋田魁新報令和四年二月十二日掲載
本人の意向により原文を載せています）

小学校の授業を受けて

小学一年の最初の国語の授業で印象深いことがあった。それは、担任の先生が、「あ」から「ん」までのひらがなを書きなさいという時だった。

なかった。僕は当時、ひらがなを書けるまでにはなっていたけれども、どこからどう書けばいいか、分からなかった。周りのクラスメートたちはすぐに書き始めたので、僕は置いてけぼりを食ったようにただ先生と黒板に目をやることしかできなかった。すると先生は一呼吸置いた後に、一文字づつ「あ」「か」「さ」と横に書き始めたのである。それで僕は合点がいき、あいうえお、かきくけこ、とノートにつづったのである。そしてそれは遅れて書き始めた僕が周りに追いつこうと早く書こうと必死にやったことであった。

書き終わったころ周りを見渡すとほとんどの生徒が書き終わった風で、改めて先生のほうを見ると、先生はにこりと微笑を浮かべたように見えたのだった。担任の先生は一、二年の間だけの先生だったが、父は「あの先生は優秀な先生だ。」と言っていた。改めて先生ができるだけ自分の力だけで問題、課題は解くよう、そして、必要な場合は助け船は出すよ、というメッセージを出していたのではないかと、今にしてみれば、そう思う。

またある時は別の先生の時であるが、理科の授業の時である。栄養とは養分であると習った僕らは、先生から栄養とは何かと質問されたのである。当然、僕らは養分と答える。では養分とは何かと質問を受ける。僕らは栄養と答える。また、では栄養とは何かと質問を受ける。僕らは養分と答える。そんなやり取りの中で僕らは、はたと困ってしまった。先生は何を求めているのかと。その時僕は小声で「例えばカルシウムとか」と言ってしまったのである。すると先生は鋭い目でこちらをにらんだ。僕は発言する勇気がなくて隣の子に答えてくれとお願いした。隣の子は「カルシウムとかです。」といい、先生はニヤッと笑いながら「骨には必要だからな。」といって授業は再開した。僕はそのことで問題を解決するためには、具体例が必要であると悟ったのである。

先生は戦争を経験し、戦地にも行ったことがあると、誰からか聞いた。なるほど、厳しい先生で生徒からは敬遠されがちな先生であった。しかしその先生から重要な事柄を僕は学んだような気がするのである。

小学校は六年間であるが、その中で印象に残った授業というのは少ない。でもその少ない思い出の中からその後の重要な体験は生み出されていったのではないかと、いまさらながら思うのである。そして、その少なかった思い出はいつまでも僕の脳裏から離れないのである。

僕の中学時代

僕は、小さいころから引っ込み思案で、消極的な少年だった。それが顕著に表れたのが中学生のころではなかったかと思う。

中学に入ってまず、クラスの中で応援団員を決めなければならず、部活（運動部）に入らない者をそれにするとクラスの担任の先生は言った。そんな決め方も今はどうかなと思うが、担任の思惑は外れ全員が部活に入ることとなった。

僕は柔道部に入ったわけだが、親友が柔道部に入ると言っていたから入っただけだった。柔道部に入っても、人の後ろをついて歩くといった風で、楽しくなかったし、足の骨折が原因で柔道部も追い出される羽目になるまで、何かを得たということはなく、恥ずかしい思い出であった。

　思い切って応援団に入ればよかった、と今は考えるけれども、当時は勇気が全くなかったこともあり、その後を過ごしてしまった。勉強は特に家でやらなくてもできる方だったけれども、その他は教室にいるかどうかもわからない影の薄い存在だったし、自分でも目立たないように極力務めていた。

　ただ成績は押しなべて優秀だったのでいじめっ子などからは疎まれていた。

　そんな僕だったが、少し小学生の頃よりかはモノが言えたのは小学六年生の頃クラスで発言したときに先生から褒められたのがきっかけだった。だから少しだけ積極的になった中学時代は先生方から褒められることも多く、どちらかといえば幸せな中学時代だった。

　しかしほとんどの人がそうであるように、中学時代の経験が一生の役に立つほどのことはなく、可もなく不可もなしという感じだった。僕はもっと将来に対して夢や希望を大きくしてもっと積極的であればその後こんなに苦労はしなかっただろうと思うけれども、それはそれ、人それぞれの人生であると思うわけである。

　中学時代に初恋も経験したけれども、過去は変えられないし、後悔はないといえばうそになるが、そんなものだろう、無理もないと思う次第である。

　今の中学生に何か言えるものもないし、今は今で大変なんだろうと思う。しかし早いうちから人の道について、自分の歩むべき人生について、思索を重ねておくべきだろうと思う。人生、人間万事、塞翁が馬という話もあることから、まあこんなものだろうと今は思っている。

小説

白馬

幻の鳥を追いかけて
白馬が一直線に走る
彼女は一陣の風
振りまくのは幸せか不幸か
何も知らない青空に
白い月が光る

白馬の名は「白波」
彼女は何を盗んでいったのか
知る者はいない
伝説の賢者のみが
手がかりを知るという

彼女は疾風の盗人

やがて名もなき岬にたどり着いた
伝説の白馬は
念願の「砂漠の星」を手に入れる
これで人に戻り
彼と幸せになろう
安穏と平和とともに

人間に戻るため
「時の入り江」に向かった白馬は
道の途中で
黒龍に「砂漠の星」を
奪われる
またもや不幸の奈落に落とされた
白馬を待つのは
困難の怒涛か
はたまた逆風の荒波か

黒龍にうばわれた「砂漠の星」を求めてさまようちに、とある村へと白馬は通りかかった。

白馬に向かって少女が駆け寄り、こう言った。

「お父さんを助けてください。助けてくれたら私何だってするわ。」

困った白馬は、訳をよく話すよう少女に伝えた。すると少女は言った。

「伝説の白馬には、希少な魚、鉄甲魚を捕まえられると聞いたわ。その鉄甲魚のうろこが、お父さんの病気に効くらしいの。」

鉄甲魚、それは象をも一撃で倒すほどの鋭いヒレを持っていた。そんな魚を相手にできるほどの自信を白馬は持ち合わせてはいなかった。

白馬は少女に自分は黒龍をここまで追ってきたことと、鉄甲魚は自分には捕まえられないと告げた。

すると少女は、家には代々伝わる秘宝があると言い出した。

それは、自分の過去も未来も見通せる水の鏡で、自分の望むものは何でも映し出せると言った。

その鏡で、今日白馬が来ることを知ったのだと言った。

鉄甲魚を捕まえられたのなら、秘宝の水鏡と交換しても良いと言った。

少女の言葉を信じるべきか、疑うべきか、白馬は迷った。白馬は秘宝の水鏡を見せて欲しいと少女に告げた。少女は承諾し、白馬が水鏡を見てみると、行ったことのある湖で、鉄甲魚同士が争っていた。

そして傷ついた一匹の鉄甲魚は白馬の前で息絶えた。

白馬は、にわかには信じられなかったが、この幸運にかけてみることにした。

きっと鉄甲魚を渡すと少女に約束し、白馬は村で一晩を過ごした。

白馬は夢にいるのか、こんな現実があるのだろうかと、訳が分らなかった。

しかし行くしかない。いつも危ない橋を渡ってきた白馬だった。幸せと不幸はとなりあわせ。私はいつでも全力を尽くすわ。そしてきっと幸せになるわ。村を旅立つ朝、一番星は少女と白馬にひと時の希望を与えた。


エクア・ドルコ湖、そこは島にあり、トーマン浜辺から海を渡る必要があった。

時は五月、この時期はセイレイエイが南へ渡る頃だ。

白馬は道の途中で、エイの大好物の木の実を取っていった。波は静かで、風は穏やかだった。白馬がいななくと、一匹の巨大なエイが姿を現した。木の実をたくさんエイに与え、ようようと白馬はエイに乗った。

私には翼などない。ペガサスではないのだから。でも知恵の翼は、私をどこへでも連れて行ってくれる。世界中を旅したい。幼い頃からのあこがれだった
もの思いにふける白馬がふと我に帰ると、小船が近づいてきた。

漁師の親子だった。船に飛び乗り、親子に自分のたてがみを差し出し道案内を頼んだ。

親子はこんな辺ぴな島に何の用があるのか、いぶかりながらも白馬をエクア・ドルコ湖に導いた。

突然、少年は小石を拾うと、木々を飛び回る小猿にそれを当てようとした。ジャングルといえるようなエクア・ドルコ湖は、湖というより、沼に近かった。

白馬はさらにたてがみをさしだして小猿を捕まえてくれるよう言った。苦労の末猿をしとめた親子はたてがみと猿を交換した。

湖に行くと、鉄甲魚の恋の季節が始まっていた。

戦いが繰り広げられるこの時期に、多くの鷲たちが鉄甲魚を狙っていた。白馬はその中でも動きの鋭い大鷲に小猿と鉄甲魚の交換を願い出た。

ゆうゆうと飛んでいた大鷲はゆっくりと下降したかと思うと、すばやく小猿を受け取った。

白馬は水鏡の予言どおり鉄甲魚を手に入れた。失くしたたてがみは銀の弓矢を作るもの。

「これであの少女の元へ行けばいいんだわ。」疲れ果てた白馬は小船の上で眠りに落ちた。


少女の元へ行き、鉄甲魚を渡し、白馬は秘宝の水鏡を手に入れた。

これで黒龍の居場所が分かるわ。白馬は、黒龍と砂漠の星を思い浮かべ、水鏡へと念じたが、鏡は何も映し出さなかった。そんなはずはない、と白馬は何度も挑戦したが、鏡は何も映し出さなかった。

「今までの苦労は何だったの」

白馬は水鏡を持ったまま呆然と立ち尽くした。

何日か経ったある日、白馬が水鏡をのぞいてみると、とある洞窟が映し出された。

そう、宝は場所を選ぶ。映し出された洞窟へと白馬は向かった。その中には、外の光のこぼれる燭台があった。そこへ鏡を置き水を注ぐと水鏡は七色に光り、白馬を空想の世界へといざなった。


何故白馬はこのような身になったのか。

白馬は元はアルス国の王女だったのだ。しかし、夢多き王女は、城に居るのが退屈で退屈でならなかった。城の外へ行き、いろんなことを体験してみたい。夢は妄想となり、いつしか王女の生きる道となっていた。

王女は魔法使いと契約を交わした。

それは、王室の宝と交換に、城の外へ連れ出してもらうというものだった。王女は、王室の紋章が描かれている、宝石のちりばめられた首飾りを魔法使いに手渡した。

魔法使いは、王女を白馬に変え、城の外へと連れ出した。しかし、城の外へと白馬が出た時、魔法使いの姿はどこにもなかった。白馬は町中を探したが魔法使いは居なかった。

やがて魔法使いはエベツ国へ行ったとのうわさが広まった。うわさを信じ、白馬は魔法使いを追った。けれどもどこへ行っても魔法使いには会えなかった。

一生この姿で私は暮らさなければならないのか。嘆いている白馬にある賢人が言い寄った。

この世には、砂漠の星という宝があり、その宝はどんな生き物も人間に変えることが出来ると。

白馬は砂漠の星を求めて旅立った。七つの海も渡り、五大陸も駆け巡った。

そうした苦労の末に砂漠の星を手に入れたかと思うと、黒龍に秘宝を奪われたのである。

なんとしても黒龍から砂漠の星を奪い返さなければ。しかし白馬は水鏡のとりことなり、しばらくの間、夢をさまようのであった。


夢の中で白馬は一人の醜い老王となっていた。

「今こそ征服しなければ、この世界を」

その瞬間、王は雷に打たれ、即死した。白馬は、我に帰り身震いした。私は何もかも手に入れた。それなのに、それなのに私は暴君になってしまった。

この世で最も偉大なものは何か。それは平凡な人々の営みである。あの城もこの遺跡も名のある王が建てたものに違いない。しかし、それを支えたのは名も無い平凡な庶民の営みである。

私は道を誤るところであった。白馬は人間に戻った後の自分を思った。

しかし、自分は何をしたいのか何をなそうとするのか分からなかった。

人は多くのものを持ちたがる。けれどもその多くのものに囲まれながら人間は依然として不自由なのだ。私には先のことは分からない。白馬はそう思った。

人が知り得るのは目標となる地点までである。そこまでの道程は計れるがそこから先は霧の果てなのだ。ともかく私は人間に戻るわ。

「鏡よどうぞ黒龍と砂漠の星を映し出して頂戴」

水鏡は霧を映し出した。そしてその霧が晴れるとエレネ山脈の祠が見えてきた。祠の中に黒龍がいるのが見えた。黒龍のねじろはエレネ山脈、そこへの道のりはとても険しく、白馬一人の手には負えなかった。

一息ついた白馬は、野に遊び、一人瞑想にふけった。

けれども私は手に入れるわ。その方法を探し出す。英気を養いながら、白馬は自己鍛錬するのであった。

鏡を手に入れて半年経ったある日、白馬は水鏡をのぞいてみた。鏡は一人の青年と古びた角笛を映し出した。

「やっと手がかりをつかんだわ。この青年に会えというのね」

鏡は青年の住む街と教会を映し出した。さっそく旅立とう、青年の元へと。白馬は冬空を眺め、明日への誓いを立てた。

エミールの街、そこにテーダ青年はいた。白馬はテーダ青年に会い、黒龍のことを告げた。しかし青年はぜんぜん相手にしてくれなかった。

「だめだよ。今、笛作りに忙しいんだ。あの教会へ音色の違う笛百本を納めなくっちゃならないんだ。それまで、どんな話もお断りだよ」

しかし白馬は引き下がらなかった。青年の仕事が終わるまで青年に仕えることにした。

白馬は、水汲みを手伝い、薪を集め、時には食材も調達して青年を助けた。青年は笛づくりに熱中し、長い間をかけて、笛百本はとうとう完成した。

青年は、白馬の働きに感謝し、白馬が何を求めているのか尋ねた。白馬は黒龍を追っていることと、手掛かりは青年と教会と古びた角笛であることを青年に告げた。すると青年は、教会で一番古い角笛は、呪いの角笛だと言った。それだ。白馬は角笛にまつわる話を青年から聞いた。

ユニコーンの角笛、この街に古くから伝わるもので、教会の許しを得なければ持ち出すことは出来ない。その角笛は吹いたものに大いなる幸運と大いなる不幸をもたらすという。

青年の話はここまでだった。白馬は、笛百本とひきかえにこの笛を借りられないか教会へ聞きに行ってほしいといった。青年は白馬とともに教会に行き、事情と角笛の詳しい話しを尋ねた。

古びた教会は、何百年もの時を刻んでいるように見えた。司祭は角笛を取り出し、その由来を話した後、これを葬って欲しいと言った。

呪いの角笛は、その呪いの力によって、百年ごとに百の音色の笛を欲しがるのだという。さもなければ、この街全体に災いが降りかかるといった。この角笛を吹いたものは、あらゆる鳥を統べることが出来るが、あらゆる馬の怒りを買うのだという。

しかし、この笛を破壊する術がないのだと司祭は言った。とりあえずその角笛を私に預けてほしいと、司祭に申し出ると、司祭はそれを了承した。

　青年は何か策でもあるのかと白馬に問いただした。すると白馬は、

「角笛を吹きながら黒龍に突進するしかないわ」

と青年に告げた。青年は「そんな危ない役を誰がやるんだ？」と問うと、白馬は、あなたしかいないと懇願した。

「私はあなたのためならば何でもする。欲しい宝があるならば命がけで手に入れるわ」

　青年は、白馬の意気込みは分かったが、そう簡単なことではないと思った。相手は黒龍である。ましてやすべての馬の怒りとはどんなものだろう。青年は身震いした。しかし、白馬は決心していた。

「何としてもテーダ青年とエレネ山脈に行くわ。そして黒龍から砂漠の星を奪うのよ」

　尻込みする青年に白馬は言った。

「とにかくエレネ山脈のふもとに行きましょう。あなたの肩には、今まで見たことのない栄光の歴史が乗っているのよ」

　青年は騙されたわけではないが、白馬の望むとおりにしようと思った。今まで自分のことしか考えなかった青年だったが、白馬の情熱に負けたのだ。

　寒風吹きすさぶエレネ山脈。そのふもとに白馬とテーダ青年はいた。

　テーダ青年はさっそく白馬と自分が乗れるだけのネットを用意した。白馬は言った。

「さあもう引き返せないわ。私たちは降りられないブランコに乗ったのよ。うまく着地できるか。地面に

たたきつけられるか。神のみぞ知るよ」

青年は白馬とともにネットにしがみつくとユニコーンの角笛を思いっきり吹いた。すると黒雲のように湧き上がる鳥の群れが彼らを包んだ。と思うと二人を宙に舞いあげた。


さあ黒龍のもとへ。いざなう白馬の向こうに黒龍はいた。無数の鳥に囲まれた黒龍は悶絶した。どこか陸地に降りなければ。切り立った丘に黒龍は降り立った。そこをめがけて白馬たちは突進した。その瞬間、どこからともなく馬の群れが切り立つ丘の黒龍めがけて突進した。しばらく黒龍は馬と鳥の群れと格闘したが、観念した黒龍は「砂漠の星」を捨て、西の彼方へと去って行った。

白馬は「砂漠の星」を空中で受け取ると、青年に角笛を馬の群れに投げ入れろと言った。青年が角笛を馬の群れに投げ入れると馬たちは競ってその笛を蹴り上げた。角笛はこなごなに砕け散ったが馬たちの怒りはしばらくおさまらなかった。


やがて一筋の光が谷間に射した、と思うと同時に谷間に虹がかかった。

白馬たちは虹を背にすると、「砂漠の星」が光に包まれるのを見た。その光は徐々に広がり、白馬の全体を包んだ。そして光は天へと駆け上がり砕け散った。鳥の群れは切り立った丘に白馬たちを降ろした。馬の群れはいつしかおとなしくなり、周りを囲んだ。光が消えた後、かすかな霧があたりを包んだ。その霧が晴れると、人間二人を虹が包んでいた。白馬は美しい乙女になっていた。

「さあこの時を待っていたのよ。私は誰より自由だわ。テーダ青年、私はあなたのものよ」

青年は驚きながらもうなずいた。

「さあ世界は私たちのものよ。すべては二人のためにあるの」

真っ赤な夕焼けが丘一帯を照らした。そして二人の未来を約束するかのようにゆっくりと大きな夕日がエレネ山脈に沈んでいくのであった。

初出一覧

ありさん（『詩集 はぐれ雲』）
L字型のガラクタ（『詩集 はぐれ雲』）
はぐれ雲（『詩集 はぐれ雲』）
宇宙の片隅で（『詩集 はぐれ雲』）
遠い日のリフレイン（『詩集 はぐれ雲』）
月夜（『詩集 はぐれ雲』）
砂の嵐（『はぐれ雲』）
統合失調症（『詩集 はぐれ雲』）
旅する人（『詩集 はぐれ雲』）
日曜日のだんらん（『詩集 はぐれ雲』）
海（『詩集 L字型の夢』）
死にたい（『詩集 L字型の夢』）
豆電球（『詩集 L字型の夢』）
万秋（朱音の替え歌）（『詩集 L字型の夢』）
L字型のハート（『白馬』）
カーテン（『白馬』）
ポケラ（『白馬』）
苦（『白馬』）
成功（『白馬』）
貧乏人と病人（『白馬』）
心に太陽を（『悪魔に魂を売った男』）
願い（『詩集 冬の木立』）
葛藤（『詩集 冬の木立』）
橋（『詩集 冬の木立』）
空（『詩集 冬の木立』）
生きるとは（『詩集 冬の木立』）
石（『詩集 冬の木立』）
鉄塔（『詩集 冬の木立』）
冬の木立（『詩集 冬の木立』） えw
独り言（『詩集 冬の木立』）
とじぇねぇ（『詩集 春の苦み』）
音楽（『詩集 春の苦み』）
詩（『詩集 春の苦み』）
森（『詩集 春の苦み』）
川（『詩集 春の苦み』）
明日（『詩集 春の苦み』）
遥かなる呼び声（『詩集 春の苦み』）
たとえ今日死ぬるとも（『詩集 秋霜』）
君をか何を思わん（『詩集 秋霜』）
今日（『詩集 秋霜』）
思索と行動（『詩集 秋霜』）
春の予感（『詩集 秋霜』）
心の色（『詩集 秋霜』）
夜汽車（『詩集 秋霜』）
年末の過ごし方（『白馬』）
缶コーヒー（『悪魔に魂を売った男』）
ラジオ（『悪魔に魂を売った男』）
統合失調症（『悪魔に魂を売った男』）
台所仕事（『悪魔に魂を売った男』）
資産（『詩集 春の苦み』）
秋田の言葉（『詩集 春の苦み』）
ひきこもりについて（『詩集 秋霜』）
米を炊く（『詩集 秋霜』）
雪の日に思う（『詩集 秋霜』）
小学校の授業を受けて（『詩集 秋霜』）
僕の中学時代（『詩集 秋霜』）
白馬（『白馬』）

『詩集 はぐれ雲』（２０１０年）
『詩集 L字型の夢』（２０１２年）
『白馬』（２０１３年）
『悪魔に魂を売った男』（２０１４年）
『詩集 冬の木立』（２０１８年）
『詩集 春の苦み』（２０２０年）
『詩集 秋霜』（２０２２年）

著者略歴

鈴木 公（すずき・あきら）

生年月日：1964年（昭和39年）１月８日生
出 身 地：秋田市
学　　歴：新潟大学工学部中退
職　　歴：コンピュータープログラマー、工場職工などを経て、現在自営業（不動産賃貸業）
病　　歴：1990年（26歳時）統合失調症を発症、現在に至る
著　　書：『はぐれ雲』
『悪魔に魂を売った男』
『詩集 冬の木立』
『詩集 L字型の夢』
『白馬』（すべて創栄出版刊）
『詩集 春の苦み』（無明舎出版）
『詩集 秋霜』（無明舎出版）

詩集　四季の輝き

発行日　2023年2月10日　初版発行
定　価　1650円〔本体1500円＋税〕
著　者　鈴木　公
発行者　安倍　甲
発行所　㈲無明舎出版
秋田市広面字川崎112－1
電話（018）832－5680
FAX（018）832－5137
組　　版　有限会社三浦印刷
印刷・製本　株式会社シナノ

ISBN 978-4-89544-678-5

※万一落丁、乱丁の場合はお取り替えいたします